「みやざき自然塾」シリーズ　刊行によせて

かつて森羅万象とも称せられていた自然とどう向き合うかは、今日的重要課題である。人類は有史以前からその営みの中で、自然を敬い、恐れ、慣れ親しむことにより、自らの社会を構築し、文明・文化を形成してきた。さらに、自然理解の指向に始まる科学は、時には自然への対峙の様相を呈しつつも、人智として人間社会に幾多の調和的統合・発展に寄与してきた。

しかるに、2011 年3月 11 日に発生した東日本大震災とそれに派生して起きた福島第一原発の爆発事故、さらには近年頻発する科学の技術適用に伴う各種問題は「科学文化」の把握なくしてはあり得ない。すなわち、自然と人間との人文・社会・自然科学との総合的論考が必要である。そのような視座から、「みやざき自然塾」を創設した。幸い、その意図は大阪公立大学共同出版会刊行のOMU P ブックレットの刊行趣旨に適うところとなり、「みやざき自然塾」シリーズとして、いわば情報発信を共有することになったものである。小冊子ながら各種の研究、勉強会等に資することが出来れば幸いである。明確な主張が端的に、しかも主張者の肉声を通して伝達でき、しかも少量、廉価な読み物となるよう試みられたものである。

読者からの叱咤激励を念ずる次第である。

塾長　敬白

宮崎の自然と私の俳句

福富健男

◇目　次◇

序に代えて

1 私の句集「鰐塚山」を出版した平成二十八年五月にみやざき自然塾の足立泰二塾長より、発刊を機に県立図書館視聴覚教室で行っている講座で話をしないかとの打診があり、平成二十九年一月二十二日にちょっとした講座を行った。

2 その時の内容を依頼に即して、「宮崎の自然と私の俳句」と題して話を行った。

3 内容的には日本の古典文学を基本に俳句表現の可能性を「今こそ俳句は面白い」と題して漢文などの他言語で表現することや、俳句を作曲して鑑賞することなどを試み、終わりに私の句集「麦藁帽」、「河童」、「潮騒」、「流域」、「枇榔樹」、「鰐塚山」の六冊を簡略化して話をした。本書は私の俳句創作の一端を披露するものとしてまとめることにしたものである。

4 特に最近作の「枇榔樹」、「鰐塚山」は本県の自然災害を素材としたものが多く、山岳、河川を野鳥の会などに参加することにより、具体化したものが多くなった。

5 本県の自然の特色をいくらかでも捉えることができたであろうか。綾の照葉樹林、世界農業遺産の高千穂郷、椎葉山地域、祖母傾国定公園などの代表的な自然を持ち得ていることを誇りとしたいものである。私が生まれ育った宮崎市も鰐塚山系を代表する神話の山である。

本書がいくらかでもこれらの自然を味わえるものになれば幸いである。

1　変容の詩形（俳句とは何か）最短定型詩

1－1「日本文学の古典」

・古事記（712年3月9日　編者：太安万侶）
・源氏物語（平安時代中期　筆者：紫式部）
・枕草子（平安中期　筆者：清少納言）
・万葉集（7世紀後半～8世紀後半　編者：大伴家持）
・古今和歌集（平安時代前期　編者：紀貫之ほか）
・新古今和歌集（鎌倉時代初期　編者：源通具ほか）

田子の浦ゆうち出でてみれば真白にそ富士の高嶺に雪は降りける　山部赤人（万葉集）
石走る垂水の上のさわらびの萌え出づる春になりにけるかも　志貴皇子（万葉集）

1－2「俳文学の古典」

連歌↓三十六歌仙↓俳句

（1）連歌　荒木田守武「荒木田守武千句」

「犬菟玖波集」

「水無瀬三吟百韻」（1488年成立　作：宗祇、肖柏、宗長）

※応仁の乱　1467年〜地下の連歌

霞の衣すそは濡れけり佐保姫の春立ちながら尿をして

（犬菟玖波集　荒木田守武）

行く水とほく梅にほうさと　肖柏

川風に一むら柳春見えて　宗長

舟さす音もしるきあけがた　宗祇　（水無瀬三吟百韻）

（2）三十六歌仙

（3）俳句　――松尾芭蕉、与謝蕪村、小林一茶

○

松尾芭蕉　山路来て何やらゆかしすみれ草

田一枚植えて立ち去る柳かな（奥の細道）

語られぬ湯殿にぬらす袂かな（奥の細道）

山路来て何やらゆかしすみれ草

〔創作時期〕一六八五（貞享二）年／数え42歳

〔鑑賞〕この句を見ると日本のどこにでもある山野の風景を想いつくが、桜や梅を愛でてきた当時の詩歌の世界からは疎遠なものだった。芭蕉がこの一句を作り出した時に俳諧の意義は深まった。日本人の自然観、文学観に支えられてきた美の世界に立ち向かった表現として画期的なものであったからである。自然をありのままに感覚で受けとめたことが何よりのものであった。それは私達現世代の人間の感覚で受けとめたものとも共通のものである。

（福富健男）

（「松尾芭蕉この一句　現役俳人の投票による上位１５７作品」
柳川彰治編著・平凡社２００９年11月25日発行）

田一枚植えて立ち去る柳かな

〔創作時期〕一六八九（元禄二）年／数え46歳

〔鑑賞〕芭蕉が深川を出発して奥の細道の旅に出たのは元禄二（一六八九）年であった。私も上京の折に関東の歌枕を逐次訪ねた。その一つとして西行ゆかりの遊行柳の里・芦野に立ち寄った。この句の妙味は古代社会から昭和四十年代後半まで続いた農業の機械化以前の日本の稲作の原風景があって初めて味わえるものである。綱を張り、傘を被って横並びに田植をする姿があって「植ゑて立ち去る」形が浮き彫りにされる。

（福富健男）

（「松尾芭蕉この一句　現役俳人の投票による上位１５７作品」

（柳川彰治編著・平凡社２００９年11月25日発行）

語られぬ湯殿にぬらす袂かな

〔創作時期〕一六八九（元禄二）年／数え46歳

〔鑑賞〕機会あるごとに「奥の細道」の俳枕を訪ねることにしているが、数年前に秋田「海程・全国大会」が開かれた折に出羽三山の一角羽黒山と湯殿山を訪ねたことがある。季節は真夏というので庄内平野の平坦地は田水張りの真最中であったが、月山の登山道はまだ開通されておらず湯殿山の近辺はまだ雪に包まれていた。この句の妙味は山岳信仰とは裏腹のものかそのものなのか測りかねる底知れぬ可笑しさがある。

（福富健男）

（「松尾芭蕉この一句　現役俳人の投票による上位１５７作品」柳川彰治編著・平凡社２００９年11月25日発行）

○　与謝蕪村

柳散り清水涸れ石所々

菜の花や月は東に日は西に

柳散り清水涸れ石所々

〔創作時期〕一七四三年（寛保三年）／28歳

〔鑑賞〕栃木県那須町の芦野の遊行柳の里を訪ねたことがある。一九九九年（平成十一年）七月十二日のことで、稲は生育半ばであった。遊行柳と言えば西行「道のべに清水流るる柳影しばしとてこそ立ちとまりつれ」の歌、芭蕉の「奥の細道」の「田一枚植ゑて立ち去る柳かな」の句で知られている。蕪村がここに立ち寄ったのは陰暦十月のことである。蕪村のこの句は晩秋の景色をありのままに読んだものである。漢詩に精通し山水画に秀でていた蕪村の表現として面白い句である。（福富健男）

（「与謝蕪村この一句　現役俳人が選んだ上位句集」柳川彰治編著・青弓社２０１３年4月19日発行）

菜の花や月は東に日は西に

〔創作時期〕一七七四年（安永三年）／59歳

〔鑑賞〕この句は菜の花の時期に月と太陽が向かい合った明るい風景を描いたものである。いわば静的な美しい情景の句そのものである。山水画がその様式を踏まえているのに比べればこの句の自由奔放な物言いは蕪村の心情の発露である。江戸期天明の時代にこれだけの自由さが得られたのはただならぬことである。蕪村の句が明治期になって写生表現として新たに見直されたことも意義深いことである。（福富健男）

（「与謝蕪村この一句　現役俳人が選んだ上位句集」柳川彰治編著・青弓社２０１３年4月19日発行）

○　小林一茶

蓮の花虱を捨つるばかりなり

これがまあ終の住処か雪五尺

大根引き大根で道を教えけり
山畑やそばの白さもぞっとする
めでたさも中位なりおらが春
雀の子そこ退けそこ退けお馬が通る

蓮の花虱を捨つるばかりなり

〔創作時期〕一七九一（寛政三年）

〔鑑賞〕小林一茶の俳諧史上から見た評価はどうなっているのであろうか。日本王朝文学から現在まで連綿と続く自然、旅、恋などを詠む風潮は今もって変わらないものがある。一茶のように農村で生まれ都会で生活した者にとって日常の生活感が命を支えたと言えないだろうか。自然を単に美として捉えるのではなく生活として捉えることから一茶の俳諧は始まっている。蓮の花の美しさが「虱捨つるばかり也」と結びつくことは生活の日常感あってのことである。

（福富健男）

（「小林一茶　この一句　現役俳人が選んだ上位句集」
柳川彰治編著・青弓社２０１３年10月25日発行）

これがまあ終の住処か雪五尺

〔創作時期〕一八一二年（文化九年）／50歳

〔鑑賞〕小林一茶は三歳の時実母を亡くし八歳で継母はつを迎えている。安永六年（一七七七年）十五歳で江戸に出ている。長い江戸の生活を味わうも、文化九年（一八一二年）十一月二十四日、五十一歳の時一茶のふるさと柏原に帰り越年している。継母義弟との間に家族遺産の取り決めを交わし柏原に定住することを決めていた。この句には「是がまあ死所かよ雪五尺」の別案の句もあったとのことである。私達は曾て正月には長野県の山岳地にスキーに出かけていたことからこの句への思いは強い。

（福富健男）

（「小林一茶　この一句　現役俳人が選んだ上位句集」
柳川彰治編著・青弓社２０１３年10月25日発行）

大根引き大根で道を教えけり

〔創作時期〕一八一四年（文化十一年）／52歳

〔鑑賞〕一茶の作品はその境涯と関わったものが多い。故郷宿場町柏原に生れたことで江戸への憧れも強かったようである。また故郷とは言っても幼くして実母を亡くし、継母との生活がうまくいかなかったこともあって、故郷は単に郷愁の里ではなかった。そんな状況で作られた俳句にはその生涯を背景にした強かな想いが感じられる。この句には、昭和の私達の日常とも共通するものがある。「雪とけて村いっぱいの子どもかな」も、その類句としてあげることができる。

（福富健男）

（「小林一茶　この一句　現役俳人が選んだ上位句集」
柳川彰治編著・青弓社２０１３年10月25日発行）

山畑や蕎麦の白さもぞっとする

〔鑑賞〕私達の一般的な感覚では、一面に広がったそば畑の景色からは爽やかな静けさを感じることができる。一茶は故郷柏原への想いを深くするも継母義弟との遺産相続などで折合がつかず、帰郷にはいつも拘わりがあったのではなかろうか。柏原の定住には相当の決意があったに違いなかった。故郷への親しさはあっても長い都会生活からくる違和感も重なっているように見受けられる。この句は今風に言えば都市と農村の間の生活感のギャップを感じさせてくれる。

（福富健男）

（「小林一茶　この一句　現役俳人が選んだ上位句集」
柳川彰治編著・青弓社２０１３年10月25日発行）

めでたさも中位なりおらが春

〔創作時期〕一八一九年（文政二年）／57歳

〔鑑賞〕この句は一茶五十七歳の時の正月の句で「おらが春」の最初に書かれているものである。一茶は六十七歳で土蔵の借り住まいで他界している。正月の生活もそれほど嬉しくもなくまた悲しくもないものであったに違いない。それは年齢ばかりのことではなく長い人生の生活から生み出されてくるものではないだろうか。誰しも正月の元旦を味わうもさして変わらぬ日常と思うようになってくるのではないか。私も喜寿を迎えて常々感じている昨今の心境でもある。

（福富健男）

（「小林一茶　この一句　現役俳人が選んだ上位句集」
柳川彰治編著・青弓社２０１３年10月25日発行）

雀の子そこ退けそこ退けお馬が通る

〔創作時期〕一八一九年（文政二年）／57歳

〔鑑賞〕小林一茶が生まれた信濃の柏原は北国街道の宿場街であった。この句は小林一茶の生まれた宿場町柏原の背景があって始めて味わえるものである。賑やかな往来の一風景で活気ある様子が際立ってくる。祭市や馬市が開かれたり、当時の文芸家たちが寄り合い、江戸への飛脚も行き来していたことで、若いころの一茶はいわば商業町の人間臭い中で育っていたに違いなかった。こんな雑踏を払いのけるように馬が通り過ぎさる様子が目の当たりに見える。

（福富健男）

（「小林一茶　この一句　現役俳人が選んだ上位句集」
柳川彰治編著・青弓社２０１３年10月25日発行）

俳句の師系

正岡子規
高浜虚子　川東碧桐洞
荻原泉泉水　種田山頭火　尾崎放哉（自由律俳句）
　月夜の葦が折れとる　尾崎放哉
中村草田男　加藤楸邨　石田波郷（人間探求派）
金子兜太　山下淳　福富健男（楸邨山脈の俳人）

隠岐やいま木の芽をかこむ怒濤かな

〔作者〕加藤楸邨（一九〇九～一九九三）

〔鑑賞〕私が隠岐の島を訪ねたのは平成十年代の初頭である。金子兜太の率いる「海程」の旅吟句会に参加したことがある。隠岐「島うた」実行委員会によるものであった。鳥取県の境港に集合して船で隠岐に渡った。仲間と共に句作りをしながらの旅であった。隠岐は後鳥羽上皇の縁の地である。この句は早春の芽生えを詠んだものであるが、この「木の芽」「怒濤」は何を意味しているのか。個人を想い沸き立つ気持ちを象徴させているのではなかろうか。

（福富健男）

（「私の好きなこの一句　現役俳人の投票による上位３４０作品」

柳川彰治編著・平凡社2012年4月25日発行）

華麗な墓原女陰あらわに村眠り

〔作者〕金子兜太（一九一九〜二〇一八）

〔鑑賞〕この作品は金子兜太が日本銀行長崎支店に勤務した頃のものである。日本西端の長崎は古来から外国との交流多い土地で貿易、宗教（カトリック教）などの外国の文化が取り入れられたところである。また作者が生れた埼玉県秩父の風土と共に明らかに違ったものを持っている。この句は海岸を見下ろす丘にキリシタンの墓が広がっている情景が感じられ、印象深いものとなっている。（福富健男）

（「私の好きなこの一句　現役俳人の投票による上位340作品」柳川彰治編著・平凡社2012年4月25日発行）

静かなうしろ紙の木紙の木の林

〔作者〕阿部完市（一九二八〜二〇〇九）

〔鑑賞〕阿部完市の初期作品では「看護婦と岸辺駆けだす彼の肺」「るんるんと胎児つらぬく砲あって」の二句が私には印象深いものである。季節の背景を捉えることなく「彼の肺」「胎児」と中心となる事物が浮き彫りにされて、底知れぬ自分の関心ごとを詠むことで一句を成さしめている。「紙の木」の句は日本の高度経済成長期に三無主義が指摘され横糸を失った社会状況の中でその無気力、不安、恐怖などを詠っている。（福富健男）

（「私の好きなこの一句　現役俳人の投票による上位３４０作品」
柳川彰治編著・平凡社２０１２年４月25日発行）

女性俳人

短夜や乳ぜり泣く児を須可捨焉乎

〔作者〕竹下しづの女（一八八七〜一九五一）

〔鑑賞〕明治二十年（一八八九年）、福岡県生まれ。大正八年（一九一九年）、吉岡禅寺洞を師に俳句を始める。昭和三年（一九二八年）「ほととぎす」同人。昭和八年、夫急逝。福岡の図書館司書として勤務。学生俳句連盟を結成し機関誌「成層圏」発行指導。これらのことから竹下しづの女の生活した時代背景を捉えることが出来る。男尊女卑の世界にあって職業婦人として生き、女性としての自立心を確立したしづの女の生涯を象徴した句である。「須可捨焉乎（すてちまをか）」は捨てるよ、いや捨てはしないの意。「汗臭き鈍の男の群に伍す」も類句。

（福富健男）

（「女性俳人この一句　現役俳人が選んだ上位句集」
柳川彰治編著・青弓社２０１３年５月24日発行）

足袋つぐやノラともならず教師妻

〔作者〕杉田久女（一八九〇〜一九四六）
〔鑑賞〕明治二十三年（一八九〇年）、鹿児島県生まれ。幼少期を琉球・台湾に送る。東京女子高等師範学校付属高女卒。美術学校出身の杉田宇内に嫁ぐ。高浜虚子に師事。このことから久女は日本社会の西洋化が進展する中で生涯を送った女性の一人である。この句のノラはイプセンの戯曲「人形の家」の中心人物で「新しい女性」の代名詞となっている。杉田久女は新しい女性としてのその理想を求めるも挫折を味わった生涯を送っている。

（福富健男）

（「女性俳人この一句　現役俳人が選んだ上位句集」
柳川彰治編著・青弓社２０１３年5月24日発行）

芥子もゆるアクロポリスに水のむ猫

〔作者〕八木三日女（一九二四〜）
〔鑑賞〕大正十三年（一九二四年）、大阪府堺市生まれ。大阪女子医専卒。学生の頃より作句、平畑静塔に師事。西東三鬼主宰「激浪」同人を出発して「電光」「梟」「夜盗派」同人を経て「花」創刊、発行。「海程」同人。私がギリシャのエーゲ海の島々を旅行したのは遠い昔になるが、八木三日女もそれ以前にかパルテノン神殿に象徴される西洋文化の拠点の一つである地中海の旅を行っている。外国旅行の一こまとして詠んだものである。

（福富健男）

（「女性俳人この一句　現役俳人が選んだ上位句集」
柳川彰治編著・青弓社２０１３年5月24日発行）

新緑めぐらし胎児育ててむわれ尊

〔作者〕金子皆子（一九二五～二〇〇六）

〔鑑賞〕大正十四年（一九二五年）、埼玉県生まれ。県立熊谷高等女学校卒。金子兜太と結婚。沢木欣一主宰の「風」に投句。兜太の「海程」創刊に伴い投句。金子兜太の縁で日本銀行の東京沓掛の社宅に訪ねたことがある。兜太婦人というよりも初回新宿の句会でお会いした時の印象が何よりも生々しく残っている。この句柄を女性としては硬質の表現の句と受け取っている。（福富健男）

（「女性俳人この一句　現役俳人が選んだ上位句集」

柳川彰治編著・青弓社２０１３年5月24日発行）

こちら向く律儀がおかし羽抜鶏

〔作者〕宇多喜代子（一九三五～）

〔鑑賞〕山口生まれ。桂信子に師事。「草苑」の創刊に参加。句集に「りらの木」「夏の日」「半島」「夏月集」「像」などがある。著作に評論集『つばくろの日々』『イメージの女流俳句―女流俳人の系譜』『ひとたばの手紙から』、編著に『片山桃史集』『女流俳句集成』がある。俳句を本格的に進めるも新興俳句の研究、評論などの幅広い活動を行った。この句は私と同年代の女流俳人の句として共感するものである。（福富健男）

（「女性俳人この一句　現役俳人が選んだ上位句集」

柳川彰治編著・青弓社２０１３年5月24日発行）

2　俳句の課題と魅力（今こそ俳句はおもしろい）

俳句の世界を楽しむ

俳句には本来創る喜びとそれを鑑賞する喜びがある。このほかに出来上がった句を色紙に書や俳画としてしたためることなどがある。これらの楽しみは凡そ俳句界の人たちだけで行ってきたものである。俳句をもっと広げて楽しむことは出来ないかと問答を繰り返してきたが、いろいろと工夫すれば俳句を楽しむ方法はいくらでもあると思われてきた。

俳句は文字と字音と、それに伴った意味、イメージ、音声、などから成り立っているから、これらの要素を駆使して俳句界ばかりでなくそこを一歩踏み出して音楽、美術、演劇など他の分野と連携すれば方法は多数あるのではないかと思われる。

その案を示しつつ、自分が試みてきた英訳、詩吟、作曲などの事例について述べることとしたい。

I　文学として楽しむ

（1）日本語

　　俳句の創作と鑑賞

（2）外国語（ハイク、世界各国の言語）

（3）翻訳（俳句↓ハイク）（俳句↓漢俳）

「古池や蛙飛び込む水の音」

One hundred frogs（小冊子）

Old pond：　frog　jump-in water sound

（訳：Donald Keen）

（「手さぐりの異郷」　昭和49年7月10日発行）

Ⅱ　書として楽しむ

（1）色紙

（2）陶器

Ⅲ　映像として楽しむ

（1）俳画

（2）写俳

（3）カリグラフィ

Ⅳ　音声として楽しむ

（1）朗読
（2）詩吟
（3）念仏
（4）音楽（歌唱、楽器演奏）

Ⅴ　演技として楽しむ
（1）パントマイム
（2）パフォーマンス
（3）念仏

Ⅵ　総合・インスタレーション
（1）生花
（2）句碑

英訳俳句

牛と夫婦になる白いエプロンの農婦
A white-aproned woman a black cow a couple

見送りの妻見えず虚空へ赤い花束
My wife isn't here to see me off a red bouquet scatters in the sky

ぶどう摘む朝ドラム缶の鋭利な火
Morning picking grapes a sharp fire in the oil drum

日向の藁の農夫白い尾など出し
Squatting on rice straw in the sun a farmer grows a tail his white bandana trailing

やわい土踏む少年ベルが鳴る花畑
A boy treating on soft soil the bell sounded in the flower garden

いくにちも赤い馬の絵がある街

Left for days in the street the red horse picture

（「現代文芸」２０１３　平成24年12月20日発行）

見送りの妻見えず虚空へ赤い花束
My wife isn’t here to see me off a red bouquet scatters in the sky

青銅色の草照る六月ケネディー死す
Blue-green grasses shimmering in June President Kennedy is dead

キングの死れんげやさしく田を埋める
Martin Luther King’s death clover flowers softly covering rice paddies

かぶるたびにとられる麦藁帽原爆の記憶
Memory of the atomic bomb every time the wind pulls off my hat I put it back on

（『In the Bird’s Eye』（鳥瞰図）平成23年9月10日発行）

音楽（歌唱、演奏）

福富健男・あつ子俳句作曲集「村」「海」のこと（作品の作曲・演奏・録音）

福富健男と江藤あつ子の次の俳句を寺原ヨシ子に依頼して作曲して頂いた。

俳句は短い形式なので一曲ではいかに素晴らしい声であってもすぐ歌が終わってしまい叙情が伝わらない。連歌風に綴らなくては曲にならない。中国の長江船上で中国の女優が李白の詩を吟ずるのを聴いたがこれにしても俳句の長さより随分長い。それでも1回きりの吟で終ろうとしていたところもう一度吟じて欲しいと要望があった。リフレインすることで叙情が深まった。

そこで思いついたのが蕉門の一人廣瀬惟然である。金子兜太はＮＨＫ「人間講座」の「漂白の俳人たち」（平成11年10月1日発行）で放浪俳人の一人として取上げている。惟然は芭蕉の俳句を綴り合わせて和讃にしたて念仏として唱えていた。［風羅念仏］として知られるものである。（以下「漂白の俳人たち」より引用）

まずたのむまずたのむまずたのむまずたのむ
椎の木もあり夏木立
おとやあられの檜笠
折れてかなしき桑の杖

南無阿弥陀仏南無阿弥陀仏南無阿弥陀仏

この念仏は芭蕉の次の句をもとに仕立てられている。

先ずたのむ椎の木も有夏木立
いかめしき音や霰の檜笠
秋風に折れてかなしき桑の杖

沢木美子の「風羅念仏のさすらう」（口語俳句の祖　惟然坊評伝）には［風羅念仏］は仏教芸能に見られる「踊り念仏」をもとにしたものとある。廣瀬惟然の放浪晩期の自らの俳句もまた軽い口語調の爽やかなものである。

梅の花赤いは赤いはあかいはな
けふといふ今日此花（このはな）のあたたかき

句集「麦藁帽」より連句風に漢字にルビをふって次の5句を寺原ヨシ子に手渡したところ、1句1句を音読して、どんな意図で創られたのか、どこで切れているのかなどの質問をして、後で日本語のアクセント辞書で確かめて曲にするのよと引き取ってもらった。

作曲家は作曲の対象となる詩歌を自分なりに解釈鑑賞し、独自の音楽イメージとして編成しなければならないが、俳句は切れと省略の効いた詩歌であるので解釈鑑賞が人によって異なる。それで作詞家の志向していることを問うことから始められる。

最初の試みの曲は5句をまとめて1曲として作曲した。一曲を伴奏し歌うのに2分40秒、160秒間しかかからない。一曲平均にすると32秒だから瞬く間である。それでも一曲を単独にするよりは時間が長くなり、簡潔な曲の良さが出て俳句の叙情が深まる。寺原伸夫の小曲「ロマンス」には及ばないが手の届くほどの長さである。粟飯原雅子のピアノ伴奏、粟飯原俊文のテノール独唱による居間での寛いだ演奏でテープ録音にしたものだった。

次回は5句をそれぞれ1曲ずつ作曲して連続して歌うように組立てて一括りにして作曲した。そして寺原ヨシ子参席のもとに、糸井美代子のピアノ伴奏、東由子のソプラノ独唱で、川南町文化ホールで正式に録音した(平成16年10月15日)。録音は川南町の高尾日出夫の協力で黒木二郎、西森義和、田中和博が担当した。1曲1曲に前奏が入ると同じ5句でも時間がかかり「ロマンス」に匹敵する長さのものとなり、さらに広がりのある叙情曲となった。

川南町文化ホールでの録音は、関係者以外の聴衆はだれもいなかったので、始めの内はそのことがかえって伴奏者、独唱者に戸惑いがあったようである。ホール入りするまでに川南町の糸井美代子の自宅では伴奏、独唱の練習に余念がなかった。東由子は、いつもの独唱には慣れているものの「いっぺんには声が出ないのよ」と幾度か語りかけて声の調整をしているようであったが、それは自分に言いきかせている言葉にも聞こえた。録音者とも合図しつつ、靴を脱ぎ、舞台の縁に腰掛け、観客席の者に声をかけ、ドリンクを飲む諸々の仕草、身振りはいかにも怪物変化のごとく愉快であった。私たちは燃えるような歌唱に瞠目しつつ無事録音を終えた。自家用車で都城の自宅に帰る途中に海岸のどこかで仮眠をとったとのことであった。燃え尽きるほどの歌唱のあとの爽やかな開放感に充たされていたに違いなかった。

独唱者の仕事は、作詞者と作曲者との仲にあって、それぞれの意図しているところを理解し、いかに叙情を豊かなものにして歌い上げるかにある。東由子は録音の幾日か前に拙宅を訪ねて俳句の1句1句の意味を確かめてそのうちの何句かを歌って披露した。さらに寺原ヨシ子とも連絡して作曲の意図を確かめていた。

また、ピアノ伴奏者はいかに上手く独唱者（歌手）を誘導し、その伴侶として歌唱を支える細かな気遣いの要る仕事である。糸井美代子は観客のいないホールに戸惑いを感じたと漏らした。日頃出身地の延岡市の諸合唱団を支えるピアニストとして活躍しているが、東由子とは息のあった伴奏者である。

事前の連絡を密にして録音にのぞみ、二人は録音当日の直前まで自宅に備えたピアノを使って練習を繰返していた。私には県農業大学校に勤務していた時代に寺原伸夫の作曲した校歌の指導を頂いたことでも有難い記憶がある。

録音は最新の技術を駆使したもので三人の密な連携で成就することが出来た。俳句仲間の高尾日出夫の総括的な協力を頂き、毎年末に開かれるモツアルトの演奏会で知られる川南町文化ホールをお借り出来たことに謝意を表したい。

録音を終えたＣＤ音源の原版、「村」「海」の俳句と関係者のプロファイルを付し、高鍋町出身の画家道北昭介のリズミカルな作品を挿入添付させて頂いた。日頃の鉱脈社との縁で、録音の三か月後に無事に全体が完成した。「俳句の世界を楽しむ」に一事例として紹介しておきたい。

3　わが句作と宮崎の自然

3-1　わが句作より

第一句集「麦藁帽」昭和54年8月16日発行（241句）16句

（1）宮崎県児湯北部農業改良普及所勤務（児湯郡　都農・川南）
（2）俳誌「寒雷」（加藤楸邨）、俳誌「海程」（金子兜太）に所属、山下淳に師事
（3）アメリカ・カルフォルニア農場研修（約100句）
（4）本庁営農指導課（農業振興課）、農業構造改善係、中部農林振興局、農業振興課農村整備係、再度本庁営農指導課勤務
（5）詩的イメージの作品創作、阿部完市作品を参考にする
（6）河童を主題にした作品を創り始める
（7）この時期の最後半には国土庁・農林水産省構造改善局などの農村整備用務で上京すること多し
（8）本句集は昭和38年～昭和54年の作品。昭和54年は宮崎国体の年、前書き金子兜太

まぶしい丘陵白煙が語り合う憩い

牛と夫婦になる白いエプロンの農婦
暗殺の日芒ぼおぼおと脳裡になる
酔覚めの満月村人の悶えはじまる
髪刈られ村のゆたかな鳥瞰図
見送りの妻見えず虚空へ赤い花束
鳥くるくると落日を告げ一枚の麦秋
肉親のくぼみもつオレンジ手さぐりの異郷
砂にかすむ没日ポティト靴裏にさわり
色づくぶどう靴底深く埋れ歩む
掌の厚み丘にびしびし多肉植物
乾いた異郷ペーパーがぱりと手を包む
日の丸を背負って余所のぶどう摘む
大きくしろい車の窓父俳優がかり
大根を抜いておりかすかな鴉の青
ねむの花うずくまり寝てふたりの河童

第二句集「河童」　平成元年9月23日発行（305句）9句

（1）当初本庁勤務、室内事務のため戸外の風景を見ることが少なかった
（2）河童を主題にした俳句を創る（約50句）
（3）母福富ヤチヨ、俳人岩尾美義他界
（4）沖縄、パキスタンを旅行する
（5）児湯農林振興局農政課、営農指導課、都城農業改良普及所勤務

にんじんと河太郎とがはじめにあり
唾液のびてあかめがしわの花白し
農業機械が手をぶらさげて蕎麦の花
まひるまのむくげと小河童とはたちばなし
掘りおこしの牛蒡の匂いの母の背
洗骨のテッポウユリが咲きました
夏雲六時子猫ら脛かみ草をかみ
河童の眼のおもだかの花真珠色
みんなあつまるなんばんきせる掌に

第三句集「潮騒」 平成9年1月6日発行（302句） 9句

（1）句集創作の当初は都城農業改良普及所に勤務。
（2）本庁営農指導課に3年間勤務し、引続き農業大学校に2年間勤務。阪神・淡路大震災の年、宮崎県庁退職（平成7年3月）。
（3）退職後青森県三内丸山遺跡を見学し、秋田県…野添憲治夫妻を訪ねる。
（4）本句集は平成元年〜平成8年の作品。

海を見たしと浮雲に乗りこもち羊歯
埋め切れぬ時間大きな黒い蟻が来て
舐めて飲む牛乳の少年遠退く潮
神楽舞う猪首十二個を棚に置き
光る藻のうおおんうおおん牛蛙
難民集うアンモナイトは黒く渦巻き
父を語る遮るものなし村の樹は
うこんの花ガラス器に活けみんな透明
晩春二人乱反射する八郎潟

第四句集「流域」　平成17年9月23日発行（357句）16句

（1）日本と中国との俳句交流が始まり中国では漢俳という形式が出来上がった
（2）クリントン政権の時代、アメリカのバージニア・リッチモンド、ニューヨーク、ユタ・ソルトレイク、エロストンナショナルパーク、サンフランシスコなどを家内と一緒に旅行
（3）西暦２０００年はキリスト教にとって記念すべき年。ドイツ、イギリス、スロベニアなどのヨーロッパ諸国を旅行
（4）中米メキシコ、グアテマラ、ホンジュラスなどの諸国の自然と遺跡を見学
（5）父の故郷熊本県球磨郡湯前町を訪ねる
（6）本句集は平成６年～平成15年の作品、前書き森田緑郎

異郷かな狂い飛びしておにやんま
畳紙に包まれていた紫雲英田よ
田植姿を石棺に彫り槐の花
むささびの見張りの洞の一位の木
椙木組む黄色い空に父をさがし
白く柔らかい鼻筋の馬額紫陽花
汽笛鳴るユーカリ樹下の若い母
びろう樹の葉擦れ頻りに日が昇る

あの岳に熊鷹が居て新緑なり
飛鯊のとんがり眼の空広くあれ
比叡の僧虎杖の花に連なりて
頭蓋も手も地層のままに教会堂
妖精かキルグァ遺跡の階段に
曖昧な日本人のわたし紅い蟹
暗い突堤日向の海は甘酸っぱし
追憶の雲ばかり出て栗の花

第五句集「枇榔樹」　平成24年3月21日発行（348句）19句

（1）中国内モンゴル地区を旅行する、北京近郊の遺跡を見学
（2）宮崎市大淀川河畔に多雨、洪水発生
（3）宮崎市の文化公園などの身近な所で句作を始める
（4）「海程」大会IN福井、埼玉・秩父など「海程」の勉強会などに出席
（5）宮崎公立大学句会（山口木浦木）に出席。進藤、デイヴィッド・ダッチャー夫妻出席
（6）平成15年〜平成20年末の作品。海外はロシア・ウラジオストック、カムチャッカ、ハワイなどを旅行した時のもの

（7）大野磯美の案内で霧島山系の山に登る

覚めぬ脳みどりに透いて蝉の羽化
ダリの時計朝から声高に鵯鳴き
遅日かなどおんと越前の空間に
帆立貝夏を急かせるオホーツク海
飛びかかる瀬波に抗らい若い僧
イヤホーンの耳丸出しに地震の村
草原晩夏腹這いすすむ長い貨車
さそり座は傾きかげんに野の舞台
泥水の行方を語る夫婦かな
稲原に立ち竦みたる空家かな
ハイビスカスは島唄の色妻との旅
妻と佇む岸辺の波は横走る
梅雨晴れの膝瘤四つを揃え立つ
ひぐらしの尾根に昼餉の十四人
そそり立つ火柱の夜のキラウヤ火山
古稀の茉莉花空気畠に流れおり

漱石もモームも聖トーマス病院に
コーヒー飲むぶーげんびりあの窓に妻
朝の妻われに青紫蘇ドレッシング

第六句集「鰐塚山」平成28年5月21日発行（578句）20句

（1）西都市銀鏡神楽、椎葉村栂尾神楽など県北の夜神楽を見学
（2）生目神社、奈古神社、船引神社など宮崎市とその近郊の春神楽を見学
（3）宮崎神宮、一ツ瀬川河口、本庄川などの野鳥の会に出席
（4）行動範囲が狭くなり宮崎県立美術館、宮崎県立音楽関係施設（メディキットセンター）などの文化施設と文化公園で楽しむ
（5）新燃岳の噴火、東北大震災、宮崎県中央部に口蹄疫発生

蛇切りとは日向の国の春神楽
ぷかぷか雲浮き大草原は見開きに
色んなこと時間が持ち出す子守歌
テラスを歩む同じ歩幅の犬連れて
芝敷いて牛を寝かせる梅雨の葬

ショスタコービッチ事を荒げて樗の花
ペットボトルの水飲む二人河岸杭
小さな食卓随所にあって花曇り
田を植えて村の端道ぼんぼり立つ
コントラバス建屋に据えて樗の花
鹿の子百合会話が弾む七人展
青鷺三羽沼の要所に立つ十時
綾線かすかに遠嶺の奥のよ
主婦的に葉っぱも欲しい花菜かな
太鼓と鉦にひねもす過ごす里神楽
仁王立ちのぶーげんびりあ妻の留守
大戸野を猪と越え行く晩夏かな
銀杏を散らした後の白痴木よ
遠嶺霞む有精卵を呑む朝
青色光ぼわっと湧いて海辺の宿

3-2　俳句の翻訳

①英訳俳句

翻訳句集

『Straw Hat』（麦藁帽）　平成12年7月発行

『SRAW HAT』（麦藁帽）　平成16年7月発行

『Haiku Verses and Prose Pieces』（俳句・俳文集）　平成19年9月発行

『In the Bird's Eye』（鳥瞰図）　平成23年9月発行

「古池や蛙飛び込む水の音」

One hundred frogs（小冊子）

Old pond：　frog　jump-in water sound

（訳：Donald Keen）

（「手さぐりの異郷」　昭和49年7月10日発行）

②漢俳

平成8年9月に現代俳句協会の企画した50周年記念ツアー（日中俳句漢俳交流会と杭州吟遊の旅）に出席した。俳句5―7―5、漢俳3―4―3。上海の大会で「田植姿を石棺に彫り槐の花」健男　で表彰される。

3‐3　俳句の作曲

俳句作曲集「村」「海」

○村

福富健勇集『麦藁帽』より

髪刈られ村のゆたかな鳥瞰図

農夫と交わす言葉の間に露むすぶ

牛と夫妻になる白いエプロンの農婦

酔覚めの満月村人の悶えはじまる

皆が花火の煙を追っている農民祭

作句　福富健男
作曲　寺原ヨシ子
歌手　東由子
ピアノ　糸井美代子
制作　音楽之友社

歌詞

鳥瞰図

かみかられかみかられ
むらのゆたかなちょうかんず
ゆたかなゆたかなちょうかんず

露むすぶ

のうふとかわす　ことばのあいだに
つゆむすぶ　つゆむすぶ

白いエプロンの農婦
うしとふうふに　なる

しろい　しろい　エプロンの
のうふ　のうふ

酔覚めの満月
よいざめのまんげつ
むらびとの　むらびとの
もだえもだえもだえ　はじまる

農民祭
みながみなが　みながみなが
はなびのけむりを　はなびのけむりを
おっているおっている
おっているおっている
のうみんさい　のうみんさい

○海

江藤あつ子句集『玩具の海』より

睡い海へ菖蒲挿し赤い布とばす
ホロホロ鳥に背を押されサボテン園の雨
子等の青い声積み上げ天に触るる花火
星の疾走青いくらげとなり泳ぐ
芋虫をころがし笑う秋の日の魔性
誰も近づけぬ海(うみ)円心の青いごみ
粉雪のベールを貫う嫁ぐ日の小川

作句　江藤あつ子
作曲　寺原ヨシ子
歌手　東由子
ピアノ　糸井美代子
制作　音楽之友社

歌詞

睡い海

ねむいうみに　しょうぶさし
あかいぬのとばす

ホロホロ鳥

ホロ　ホロホロとりに　せをおされ
サボテンえんのあめ

子等の青い声

こらのあおいあおい　こえつみあげ
てんにふるる　てんにふるる
はなび　はなび　はなび

星の疾走

ほしのしっそう　しっそう
ほしのしっそう　しっそう
あおいあおいくらげ　くらげとなり
およぐ　およぐ　およぐ　およぐ

芋虫をころがし

いもむしをころがし　ころがしわらう

あきのひのましょう　ましょう

誰も近づけぬ湖
だれもちかづけぬうみ
えんしんの　あおいごみ

粉雪のベール
こなゆきの　ベールをもらう
とつぐひの　おがわ　おがわ
おがわ　おがわ

（俳句作曲集「村」「海」音楽之友社より）

俳句作曲集「麦藁帽」

麦藁帽
田植姿を石棺に彫り槐（えんじゅ）の花
燕等に襲われる船員麦藁帽かぶる
大根を抜いておりかすかな鴉（からす）の青

作句　福富健男
作曲　新谷けい
歌手　黒木真弓
ピアノ　ニコラ・モッタラン
制作　ドレミ楽譜出版社

歌詞
槐の花(えんじゅのはな)

たうえすがたをせっかんにほり
えんじゅのはな
たうえすがたをせっかんにほり
えんじゅえんじゅのはな

麦藁帽

つばめらにおそわれるせんいん
むぎわらぼうかぶる
つばめらにおそわれるせんいん

むぎわらぼうかぶる
つばめらにおそわれるせんいん
むぎわらぼうかぶる

鴉の青
だいこんをぬいており
かすかなからすのあお
だいこんをぬいており
かすかなからすのあお
だいこんをぬいており
かすかなからすのあお
あお　あお　あお　あお

（俳句作曲集「麦藁帽」ドレミ楽譜出版社　より）

3‐4　その他

色紙、陶芸、生け花等と共に作品を展示する等

3-5　宮崎の自然―わが句作の特徴的な表現（句集「枇榔樹」「鰐塚山」）

○災害の句―大淀川の災害、新燃岳噴火、口蹄疫発生

大淀川の災害11句

携帯電話で繋ぐ急報秋出水
畳間に泥流が来て去り行けり
泥水の行方を語る夫婦かな
わが故郷は氾濫原となり幾日かも
家具一切運ばれて行く秋出水
洪水の山積みの家具秋の光
秋出水甥は多弁の士となりて
母を座らせ甥もその子も家普請
プレイト外し置き去りの単車樫木陰
借家出て村離れ行く星月夜
稲原に立ち竦みたる空家かな

（句集「枇榔樹」平成24年3月21日発行）

霧島山系新燃岳噴火　15句

新燃岳の空気振動届き来る
冴え返る空の噴煙届き来る
冬の窓塗りつぶしたる火山灰(よな)絵具
新燃岳の空気振動辿り来て椿
有楽椿に空気振動辿り来る
火山灰の日のツタンカーメンの豌豆花
火山灰降るに紫紺彩る豌豆花
火山灰の日の沈丁花の香の鼻紋かな
火山灰降りて沈丁花の青葉匂い立つ
ほうれん草に灰が積もりて雛祭り
白梅に飛び交う目白朝の光り
白梅に座り込むかな大鵯
遅れ咲く紅梅の花つっけんどん
義母植えし庭の紅梅遅れ咲く
降灰の合間にひらく初御代櫻よ

（句集「鰐塚山」平成28年5月21日発行）

東日本大震災　4句

ぞろぞろと建物押し来る陸奥の春
地震あって安波山裾野の伏流水
地震の村わが家持ち去る春の波
冴え返る街路抜け来る人、家、船

（句集「鰐塚山」平成28年5月21日発行）

○神楽の句―西都・銀鏡神楽、椎葉・栂尾神楽、宮崎市春神楽（生目神社、奈古神社、船引神社、跡江神社）、日南市・北郷町潮嶽神社

西都市銀鏡神楽　13句

照葉樹の渓に銀鏡の神楽かな
地割の舞ご幣二本を背中に挿し
椎の葉を立てて風防の神庭よ
猪首の鼻孔上向く夜神楽よ
夜神楽の光漏れ来る竹林よ
夜神楽の棚に六個の猪首や
夜の神楽檜葉でくるむ猪首よ

夜神楽の焚火に火照る猟師かな
薪火焚き猪を射止めた猟師かな
竹林に月光洩れ来る鵜戸鬼神
女神がなげる鏡が枝に竜房山（りゅうぶさやま）
寄合いの柚子の明かりか里神楽
夜神楽の笛の響は胎児にも

（句集「鰐塚山」平成28年5月21日発行）

宮崎市跡江神楽　7句

いぬふぐり咲かせて河畔の里神楽
菜の花のぽっかぽっかと里神楽
剣を手に鈴振り合って四人の舞
ご幣を立て空あざやかに春神楽
白い椿赤い椿の鬼神の舞い
河畔の空鬼神声出す春神楽
桃咲いて萬願成就の里神楽

（句集「鰐塚山」平成28年5月21日発行）

椎葉村栂尾神楽　7句

這い登る頂の野の神楽殿
真っ暗闇にご幣を腰に鈴鳴らし
ドラム缶火で膝温める夜の神楽
太鼓と笛で一夜を明かす神楽宿
目覚めれば黒木寿の剣の舞
誰彼も見境なくなる雑魚寝かな
一夜一緒に過ごせば神楽人懐こく

（句集「鰐塚山」平成28年5月21日発行）

宮崎市奈古神楽　2句

荒稲（あらしね）を束ねて吊るす社殿かな
鵯のわさわさ鳴いて宮の森

（句集「鰐塚山」平成28年5月21日発行）

宮崎市奈古神楽　2句

荒稲（あらしね）を束ねて吊るす社殿かな
鵯のわさわさ鳴いて宮の森

《平成25年作品》

宮崎市生目神楽　6句

いちいの木立ちはだかって春神楽
じゃじゃ馬を慣らして挑む春神楽
啄木鳥のごと床打つ仕草の三笠荒神
黄瓜菜（おにたびらこ）花茎もたげて三笠荒神
黄瓜菜夕日に映えて里神楽
太鼓と鉦にひねもす過ごす里神楽

（句集「鰐塚山」平成28年5月21日発行）

宮崎市船引神楽　2句

春神楽べにせんがんの蒸し諸
矢を四本背に結わえて玉ねぎ畑

（句集「鰐塚山」平成28年5月21日発行）

宮崎市奈古神楽　3句

（句集「鰐塚山」平成28年5月21日発行）

神楽座の煮しめ食べ食べ少年の舞
襷がけの少年剣を肩に春神楽
太鼓と鉦打ち鳴らす里宮の森

（句集「鰐塚山」平成28年5月21日発行）

○野鳥の句‐一ツ瀬川、大淀川（本庄川）、広渡川、霧島・御池

一ツ瀬川　7句

むしり食むみさごの食欲中洲の空
浜鴫のはらはらはらと銀のひかり
緋鳥鴨満ち来る潮にのりしまま
蒼い翼をわれに翳して冬の沼
蒼い脊梁列なす川鵜無音劇
中洲に佇つ黒面篦鷺おぼろなり
野放図のわれに冠かいつぶり

（句集「鰐塚山」平成28年5月21日発行）

本庄川　5句

草枝に跨ぐ雪加は幼な声
春河畔人寄り合って雪加翔ぶ
小椋鳥中州に渡りの一日かな
金黒羽白水輪を広げて番かな
こんなところに大鷺と我れ春河畔

（句集「鰐塚山」平成28年5月21日発行）

《平成24年作品》

一ツ瀬川　7句

みさごは猟師魚咥えて枯れ葦原
銀の光の真鴨群れたつ河口域
探鳥のわれらに真鴨群れて翔ぶ
朝のひかり渚を走る磯鳴よ
見ればたちまち川面に潜るかいつぶり
嘴広鴨葦辺により来て沼の朝
青鷺三羽沼の要所に立つ十時

（句集「鰐塚山」　平成28年5月21日発行）

一ツ瀬川　5句

霞む山脈斜角に鶚（みさご）のホバリング
黒面箆鷺抜き脚さし脚中州かな
越冬す中州に黒面箆鷺（くろつら）十四羽
枝に掴まりさざ波紋の五位鷺よ
沼の朝真鴨群れ翔ぶ歓喜かな

（句集「鰐塚山」　平成28年5月21日発行）

《平成25年作品》

一ツ瀬川　4句

河口かな磯ひよどりが鬼瓦
みさごは雄姿鯔をつかんで木の突端
緋鳥鴨さっそく渚の海苔を食む
鶚は中州毛深い脚で砂を掃く

（句集「鰐塚山」　平成28年5月21日発行）

御池　5句

うっすらと稜線浮かし霧の里
湖浅し子を負んぶして蟇蛙
白鶺鴒波型に飛んで湖畔かな
冬の日のテントの端に鳴かぬ鵙
割薪を軒下に積んで杜の焚火

（句集「鍔塚山」平成28年5月21日発行）

一ツ瀬川　5句

足輪嵌め遠来の客として鴫
汀を走る浜鴫の群れ三十羽
中洲を歩む水掻き太き川鵜かな
退き際に筑紫鴨四羽翔ぶ十時
沼の対岸等間隔に佇つ鷺よ

（句集「鍔塚山」平成28年5月21日発行）

○口蹄疫の句

宮崎県口蹄疫発症　19句

病む牛に接骨木の花紛れ込む

蹄ウイルス逃れて椨の実の紫紺

隠花植物となりて口蹄疫発症の地に

牛が鳴く千羽鶴を織る子らに

紫陽花を切り払っても蹄ウイルスよ

楊梅の真赤に熟れて蹄病む

どの家も扉を閉じて蹄ウイルス病

グラジオラス涎たらして牛歩む

牛埋却の穴ばかり掘りグラジオラス

埋葬の塹壕ばかりあじさい花

芝敷いて牛を寝かせる梅雨の葬

栴檀の花揺らし牛を埋葬する

真昼間みんなそろって牛埋める

花束添えて種雄牛殺処分する

殺処分の装甲車見送る紫陽花よ

口蹄疫の村に凌霄花ぶら下げ

胴長に牛あらわれて高値付き
見下ろす牛電光板に高値つき
早春の野に連れだして黒毛和種

（句集「鰐塚山」平成28年5月21日発行）

○宮崎神宮、平和台公園
宮崎神宮　5句

かかつがゆ黄色く熟れて高枝よ
楠の年輪笑いたくなるよな宮の森
手の甲に竹節虫わたす秋の日よ
児を抱いて杉のてっぺん河原鶸
越冬の鳥たち賑わう宮の森

（句集「枇榔樹」平成24年3月21日発行）

平和台公園　4句
越冬の大鶴の群れ漂着す
水尾曳く大鶴の群れ暁に
羽ばたく鶴われら池畔のお召台

笹鳴きの鳥が池畔の夜明けかな

（句集「鰐塚山」　平成28年5月21日発行）

○文化公園

テラスを歩む同じ歩幅の犬連れて
小さな食卓随所にあって花曇り
豌豆飯の季ズーカーマン夫妻来る
ショスタコービッチ事を荒げて樗の花
パラフィンの光となって蜻蛉群れ
子を連れて指差す石井十次（じゅうじ）春景色
千手観音菩薩くろがねもちの珠美
風神雷神飛び立つ姿の紅葉葉風
芝生を歩む颯爽とソックスの二人
妻と来て梅雨の闇夜に聴くボレロ
葉桜闇ピアノの連弾ラベル「ボレロ」
裸身となって梅雨の闇夜に聴くピアノ
妻病むにドボルザークの新世界

（句集「鰐塚山」　平成28年5月21日発行）

4 俳句二題

4-1 現代俳句全国大会受賞

被爆胎児のわれを陽子と呼びし父

現代俳句全国大会　福富さん（宮崎市）最高賞

伝統にとらわれない自由な句作を志向する現代俳句協会（東京都）の第54回現代俳句全国大会で、県現代俳句協会顧問の俳人、福富健男さん（81）＝宮崎市＝の作品「被爆胎児のわれを陽子と呼びし父」が、最高賞の大会賞を受賞した。句歴54年の福富さんは「自分は賞を取るような俳人ではないと思っていた。うれしい」と話している。

大会には、同協会会員や一般1万7787句の応募があり、最終選考に残った214句を、名誉会長で俳人の金子兜太氏ら特別選者21人が審査。福富さんと大阪府の原田タキ子さんが大会賞に決まり、11月23日に東京であった同大会で発表された。

福富さんは県庁入庁後、句誌「海程」などに所属して俳句を始めた。

「麦藁帽」「河童」などの句集がある。2003年4月～17年3月に本紙の俳壇選者を担当した。

受賞作は、胎内にいる間に被爆した子どもを気遣う親心などを詠み込んでいる。社会詠も多い福富さんは「テレビなどで被爆者のつらい体験を見聞きする中で、当事者たちに代わって、作らせてもらったような作品。現代に対して以前から考えてきたことが集約されて出てきたような気もする」と話している。

（杉田　亨一）

（宮崎日日新聞平成29年12月4日掲載）

4-2「われらが師金子兜太を悼む」

福富健男

現代俳句協会名誉会長・俳誌「海程」主宰の金子兜太氏が平成三十年二月二十日に他界した。大正八年九月二十三日埼玉県小川町に生れる。享年九十八歳。金子兜太は秩父出身の人で熊谷中学、水戸高校、東京帝国大学経済学部を卒業。水戸高校で俳句を始めている。日本銀行に入行するもまもなく第二次世界大戦に参加することを余儀なくされ太平洋のトラック島で兵役を送る。戦後は日本銀行に復職する。

俳句は加藤楸邨門で出発するも昭和三十七年に俳誌「海程」を創刊する。私の会員入会も昭和三十七年であるので五十五年くらい経過している。その頃の師の俳句には次のようなものがある。「霧の村石を投(ほ)うらば父母散らん」。俳句の造型論を唱えいわば前衛俳句の提唱者として知られてきた。

昭和三十三年に日本銀行長崎支店へ転勤したことで九州との関わりは大きかった。句には「湾曲し火傷し爆心地のマラソン」、「華麗な墓原女陰あらわに村眠り」がある。平和を願いつつも日本の風土に慕った作品が見られる。九州現代俳句協会の発足に参加する。長崎支店には三十三年一月に転勤するも三十五年五月には東京本店に転勤し、在長崎期間二年二カ月。

宮崎への金子兜太の来訪は昭和五十六年が最初である。九州には藤後左右、岩尾美義、城門次人、国武十六夜、阪口涯子、窪田丈耳、前原東作、山下淳、穴井太など俳句に熟達した人がいたので宮崎で九州俳句大会を開催する時は金子兜太を招くことにしていた。指導的立場にある人を招くことで九州も宮崎も活気づいていたのである。金子兜太の講演内容は「情と文化」、「俳句と人間・人間臭さとは」、「わが俳句人生」、「自然と人間」、「最短定型を語る」などである。また宮崎市江平の真栄寺では「小林一茶を語る」と題して講演を行っている。新しく平成二十八年六月には「平和を語る」と題し平和の願いを込めて同寺で講演を行った。

宮崎にはその他合わせると十回程度来宮したことになるが中でも「海程全国大会in宮崎」と金子兜太の句碑「ここ青島鯨吹く潮われに及ぶ」が特徴的な行事となった。全国大会は青島グランドホテルを会場にして実施したが吟行は鵜戸神宮、青島など日南海岸を眺めつつのものであった。会場のグランドホテルは巨人長嶋茂雄のキャンプの地で恥をかくことはなかった。まだ巨人の投手に上原浩治などが在籍していた頃のことである。

金子兜太の句碑は山下弘子夫人の発案によるものであったが、すぐに兜太師の了解を得たので順調に建立が進められた。流域句会の賛同はもとより県俳句協会などの了解が得られたので上手くいった。もともと青島神宮の境内も建立案として持っていたが現在のこの地は亜熱帯植物園の県有地であるにしても青島神社宮司の地域社会の領域である。青島の地が今後俳枕として育つことでこの句碑は大きな役割を果たして来るのではなかろうか。

金子兜太師と最後のお会いしたのは昨二十九年十一月二十三日のことで、東京帝国ホテルでの現代俳句全国大会の宴会の席上であった。師は子息真土に連れられて席に座った。突然のごとく秩父音頭を歌いだし席を和やかにした。宮崎からは私と永田タヱ子が出席したが二人一緒に師の席に寄って挨拶をした。私はいきなり握手を求められ強く手を握られたのでびっくりした。今までにないことであった。それは私の句「被爆胎児のわれを陽子と呼びし父」が今回最高賞を得たことでの挨拶だった。師の他界を悼み心よりお悔やみ申し上げたい。

最後に師が九州で詠んだ句を挙げておく。

○粉屋が哭く山を駈けおりてきた俺に　長崎
○殉教の島薄明に錆びゆく斧　長崎
○黒い桜島折れた銃床海を走り　鹿児島
○霧に白鳥白鳥に霧というべきか　九重
○雲と吾と韓国越える夏逝くぞ　宮崎
○霧の牧寝そべる牛に立つ牧童　宮崎えびの高原牧場
○青島には若き蟹いて暮春かな　宮崎

（平成30年3月5日宮崎日日新聞掲載及び平成30年5月15日九州俳句第１９０号掲載）

終わりに

本書を発行するにあたり、謝意を述べておきたい。本書の発端は、みやざき自然塾の足立泰二塾長に、宮崎県立図書館2階で談話を依頼されたことによる。その時の冊子をまとめたのが本書である。江南書房の二宮信氏に印刷依頼していたものを今回改めて大阪公立大学共同出版会で正式に出版することとした。二氏に改めてお礼を申し上げたい。また、表紙絵「西都市南方神社の千年楠」（二〇〇七年）を西都市の弥勒祐徳氏にお願いすることとした。重ねてお礼申し上げたい。その時の談話の内容を述べていただいた宮日文化部の徳留亜弥氏に厚くお礼を申し上げ、その文を添付することとしたい。

元県立農業大学校長で宮日俳壇選者の福富健男さん＝宮崎市＝による講演「わが句作と宮崎の自然」は22日、宮崎市の県立図書館であった。NPO法人みやざき自然塾（足立泰二塾長）の第26回コロキウム（例会）として開催。約60人を前に、俳人としての歩みをたどりながら、英訳や作曲といった俳句の楽しみ方を紹介した。

昨年5月に句集「鰐塚（わにつか）山」を出版するなど、55年間にわたり活動をする福富さんは、俳句について「自然への敬いを込めた最短定型詩で、日本の文化」と解説した。師事した俳人に加藤楸邨、金子兜太、阿部完市さんを挙げた。

機会あるごとに「奥の細道」（松尾芭蕉）の俳枕（俳句に詠まれた名所・旧跡）も訪問。「田一枚植えて立ち去る柳かな」という句が生まれた、栃木県那須町芦野の遊行柳では、与謝野蕪村も「柳散り清水涸れ石所々」という句を詠んだことを紹介。「歴代の俳人が同じ場所で句を作り、努力しながら俳枕になる。宮崎なら青島」と述べた。

さらに音楽や美術、演劇など他の分野と連携すれば俳句を楽しむ方法は数多あるとして、自身の英訳句集「Straw Hat」などを紹介。俳句作曲集「村」「海」の中から収録された歌の音源を流し、「俳句は今こそ面白い」と呼び掛けた。

著者略歴

福富健男（ふくとみ・たてお）

昭和11年1月6日　宮崎市に生れる
昭和33年3月　宮崎大学農学部卒・遺伝育種学専攻
昭和35年4月　宮崎県入庁
昭和40年3月　カリフォルニア農業研修生
平成元年4月　農政水産部営農指導課課長
平成4年4月　宮崎県農業大学校校長
平成7年4月　宮崎県庁退職

平成24年11月　宮崎県文化賞受賞
「流域」「海程」（「海原」）「形象」「吟遊」同人
現代俳句協会会員　国際俳句交流会員
世界俳句協会会員　Modern Haiku　会員
句集「麦藁帽」（昭和54年海程新社発行）
句集「河童」（平成元年海程新社発行）
句集「潮騒」（平成9年海程新社発行）
句集「流域」（平成17年海程新社発行）

金子兜太氏と著者夫妻

句集「枇榔樹」（平成24年海程新社発行）
句集「鰐塚山」（平成28年海程新社発行）
英訳句集「Straw　Hat」（平成12年海程新社発行）
英訳句集「STRAW HAT」（平成16年フランス・エステッパ社発行）
英訳句集「Haiku Verses and Prose Pieces」（平成19年鉱脈社発行）
英訳句集「In the Bird's Eye」（平成23年鉱脈社発行）
「風景」（平成19年現代俳句協会発行）
「自解百二十句選」（平成20年6月北溟社発行）
評文集「河童手帖」―現代俳句編―（平成14年鉱脈社発行）
「俳人山下淳の世界」（平成27年鉱脈社発行）

宮崎県現代俳句協会顧問
宮崎県俳句協会顧問
宮崎日日新聞「宮日文芸」俳句選者（平成15年4月～平成29年3月）
現在宮日文化情報センター「俳句講座」担当

現住所　〒８８０-００３４　宮崎市矢の先町８０番地
電話　０９８５-２４-６７６７
e-mail　fukutomi@miyazaki-catv.ne.jp

ＯＭＵＰの由来
大阪公立大学共同出版会（略称OMUP）は新たな千年紀のスタートとともに大阪南部に位置する５公立大学、すなわち大阪市立大学、大阪府立大学、大阪女子大学、大阪府立看護大学ならびに大阪府立看護大学医療技術短期大学部を構成する教授を中心に設立された学術出版会である。なお府立関係の大学は2005年４月に統合され、本出版会も大阪市立、大阪府立両大学から構成されることになった。また、2006年からは特定非営利活動法人（NPO）として活動している。

Osaka Municipal Universities Press (OMUP) was established in new millennium as an association for academic publications by professors of five municipal universities, namely Osaka City University, Osaka Prefecture University, Osaka Women's University, Osaka Prefectural College of Nursing and Osaka Prefectural College of Health Sciences that are all located in southern part of Osaka. Above prefectural Universities united into OPU on April in 2005. Therefore OMUP is consisted of two Universities, OCU and OPU. OMUP has been renovated to be a non-profit organization in Japan since 2006.

OMUPブックレット No.64
「みやざき自然塾」シリーズ７
宮崎の自然と私の俳句

2018年12月20日　初版第１刷発行

著　　者　福富　健男
責任編集　みやざき自然塾
発 行 者　足立　泰二
発 行 所　大阪公立大学共同出版会（OMUP）
〒599-8531 大阪府堺市中区学園町１－１
大阪府立大学内
TEL　072（251）6533　FAX　072（254）9539
印 刷 所　和泉出版印刷株式会社

ISBN978－4－907209－93－3